歌集 叶い橋まで

吉田昌代

砂子屋書房

序

伊勢方信

吉田昌代《あきよ》さんの生まれ育った国東《くにさき》半島は、半島の中央部に位置する両子《ふたご》山系を中心に、周防灘に臨む西国東と、伊予灘に臨む東国東に二分されるが、吉田さんの郷里富来浦《とみくうら》は東国東のほぼ中心部に位置し、平成の大合併前は富来町という独立した行政区の内にあった。

富来浦は国東半島の良港であり、旧藩時代にあっては杵築《きつき》藩から船による穀物の出荷を許されていただけではなく、当時の特産物であった七島藺の移出量も高く、藩の財政を支える一助となっていた。

ただ、旧富来町に限らず、国東半島のほぼ全域の川が、両子山系を源流とするために流れが短く、乾季には旱魃で、雨季には急流となって人々の生活を苦しめたこともあり、全体としての豊かさとは疎遠に近い歴史を重ねて来た。

このような歴史と共に歩んできた国東の人々の中から、そのことを逆手に取って、明治から昭和の半ばにかけ、詩や短歌に親しむ人が多くなり、後の大分県詩壇や歌壇に多大な影響を及ぼした人々が現れた。そのうちの何人かをここに挙げれば、安西冬衛に師事し、安西、北川冬彦らと詩誌「亜」を創刊、短詩運動を進めた滝口武士、「水甕」を経て「詩歌」の前田夕暮に師事、大阪で夕暮の新興短歌運動に参加。戦後、郷里に戻り「歌帖社」を創設した葉山耕三郎、「覇王樹」の同人重光みどり、亀井勝一郎の門下生で国東に帰住、歌人として名をはせた山本保、「中央線」の中村正爾に師事、運営委員を務めた長峰美和子などがある。なお、北原白秋の二番目の妻として逆境期を支えた江口章子は、西国東の香々地《かかち》に生まれ、この地で亡くなった。吉田昌代さんが、ごく自然な形で短歌の道に踏み込む土壌はすでに用意されていたのである。

吉田さんが最初に師事した長峰美和子には、当時から評価の高い『水稲民族』『葡萄悲歌』の二歌集のほかにも、国東に関する著書があり、これらに込められた、故郷国東に寄せる思いの深さが、吉田さんの才質と相俟って、その作品に多くの影響を与えていることは否めない。

やわらかき日差しを背に麦踏める仏の里を鈴振りてゆく
石踏の灰汁に染む手に鈴振りて同行衆と声を合わする
離村なし雨戸の閉まる軒下に寒行のわれら和讃を唱う
孫の服着せたる案山子が降る雨にすすり泣きつつ俯きており
松明に点火をせんと檀徒らは螢のごとき明かり手にする
四名となりて催す稲荷祭り野菊の白花手折りて供う
道の辺の花大根の紫を葬儀の列が揺らしつつゆく

国東は、宇佐神宮が比較的早く神仏習合を成し遂げたことから、両子山系を中心にして、養老七年（７１８年）仁聞《にんもん》菩薩が六郷満山《ろくごうまんざん》を開いたとされており、今年で開山一三〇〇年となる。六郷満山とは天台系の寺院の総称で、平安時代の末期には一〇〇を超える寺院が建ち、独特の仏教文化の花が開いたと伝えられる。六郷とは半島西部の来縄《くなわ》・東部の伊美《いみ》・国東・安岐・武蔵・西部の田染《たしぶ》のこと。六郷は神と仏と鬼がすむ里であり、当時からの信仰の証しとして、大小の石仏が多く遺されている。

抄出歌の三首までは、著者の郷里で実際に行われている寒行の歌。冬場の最も寒い時期の行に、何のためらいも抵抗もなく参加できるのは、父祖の代から累々と受け継がれてきた、信仰のなせるわざであろう。

四首目の案山子祭りは、いかにも現代的だが、下の句に過疎化が進む里人の悲しみを窺い知ることが出来る。五首目は火祭りの歌。「螢のごとき明かり」が切ない。六首目は稲荷祭り。もともと小集落であったと思えるのだが、ここまでくれば廃止も考えざるを得ないかも知れない。七首目は努力の跡を示す的確な写生歌。

国東だけではないが、集落はその昔、相互扶助のために政治的に作られたもの。そこで行われる行事のほとんどは、この地に生きる人々の精神的な支柱であったのだが、近代化の波は心の拠り所さえ奪おうとしている。

『叶い橋まで』で歌われている行事のうち、上述のものを別にしても、まだ、地蔵尊祭り・荒神祭・彼岸の行事・盆の行事・草刈りなどの賦役があり、他に先祖祭り・修正《しゆじよう》鬼会《おにえ》などが加わるのだが、これらはすべて時間の篩にかけられて、現在に残されたものばかりである。
『叶い橋まで』の著者吉田昌代さんは、ここまで述べてきたような風土の中で育った。受け留め方によっては、目には見えない束縛が多いようにも思えるだろうが、吉田さんの歌には、そのような拘束感が見られず、日常の中に心を遊ばせているような、悠揚として迫らぬものがあるのは、幼児期から思春期に至るまでの淋しく苦しい時代を、仏と神の里の優しさと、慈愛に溢れた祖母と二人で暮らした生活を通して、育まれたものであろう。

ギプスの足慰められし友ら去り余韻の残る部屋に座しおり
ざわめきの消えたる夜の病廊にナースの手に持つ灯り揺れいつ
病室を出でゆく吾娘が振り返りいつもの如くVサインを出す
木洩れ日を背に退院する吾の荷物を長の子抱えゆきたり
捕まりし螢がひかりを放つ籠提げて男孫の夜は明るし

帰り来て夫は補聴器外しおき音なき一人の世界に入りゆく

働くを生き甲斐とせし過去ありてささくれだちし指のやさしき

少しずつ癒えゆく体に花丸をと「叶い橋」まで歩数をのばす

前半の四首は、骨折による入院にかかる歌。吉田さんはこの他にも、白内障や脊柱管狭窄症による手術を経験しているが、いずれも強靱な精神力と、理解ある伴侶と優しい子供達の支えがあってこれを克服している。そして、決して嘆かない。心の内では泣いていても、歌として表現する場合には自制心を働かせて抑えている。抄出歌で分かるように事実だけを客観の目でとらえて一首をなそうとしている。この姿勢が、全体を通して綻びを見せないことが、この歌集の特質であるとも言える。

八首目は、歌集名となった歌。昭和三十六年の集中豪雨による富来川の氾濫は、この地域に甚大な被害を与えた。その復旧工事の最たることの一つとして、急流を生む流れを緩やかにするため、新しい川と橋を造り、橋の名を従来からの富来橋とした。ゆえに、元の川の橋がその名を失ったことから、地域の人々が、それぞれの思いを込めて「願い橋」と呼ぶようになったとのこと。あえて「願い橋　叶い橋」を外したことで、幼少期の厳しい境遇を糧に、現在の平穏を得た吉田さんにふさわしい歌集名となった。

愛国心は戦勝とう語に酔いしれて理性の壁も打ち破りたり

神風はついに吹かざり敗戦とう巨大な弾丸《たま》が国をつらぬく

ベビーカー押しゆく若き母のあり原発廃止の集団の中

浅蜊貝掘りいし磯は護岸の下滅びゆけるは一つならざり

吉田昌代さんは、主として農業に携わりながら、戦後の荒廃の中から立ち上がって、この国の復興を支えてきた世代の一人であり、『叶い橋まで』に収められた歌の多くは、作者が本当に伝えたいこと、言い換えれば、短歌における真実を含んでいる。ここに挙げた四首は、今という時代の現実の一端を、暗い時代の回想を起点にして、厳しく見詰め直しており、教えられるところが重い。

この一集に収められた歌は、吉田昌代さんの生きてきた形であるとともに、心の軌跡でもあり、今後とも濃密な歌を詠み続けてもらいたい。

最後に、代表歌の中からの一首。

仰臥して目薬差せばまなじりより悲しみもたぬ涙流るる

平成三十年三月吉日

*目次

装本・倉本　修

歌集　叶い橋まで

案山子の里

ゆっくりと案山子の里を進みゆく福祉のバスは小春日の中

案山子に着する古着が子らより届きたり幼の名前呼びつつ着せむ

孫の服着せたる案山子が降る雨にすすり泣きつつ俯きており

子らの服着せたる案山子が雨やまぬ仏の里に濡れそぼち立つ

平穏の証しとも見ゆる案山子群団峡の沿道をひと月賑わす

暮れ六つの鐘を聞きつつ仕舞いゆく案山子の服も色の褪せたり

若きらの姿少なき仏の里世界農業遺産の文字鮮らけし

夕暮れを伸ぶ草ゆらし大小の車帰り来老いゆく里に

国東路

朝歩きを日課となしてひと月余木魚を叩く音の寺まで

発進の度に桜の花びらを舞い上げて夫と仏の里ゆく

山桜見つつ辿り来し山の風車の下に弁当開く

知り人の句碑に逢いたる長安寺未だ内耳に残るその声

菜の花をたずねて香々地《かかち》の歌碑にあう章子泣きたる砂浜の上

洞窟に小石積みたる塔あまた一つの小石を念じつつ置く

切なさは胸の奥よりわきあがる石仏五百に落ち葉降りくる

苔むせる石仏千体炎天を御体白く乾きかわける

花筒よりあふるる水はきらめきて地蔵菩薩に木洩れ日の降る

静かなる里に豆腐を売りに来しラッパの音色を懐かしく聞く

間延びせし声ひびかせて峡の里に廃品回収の車入り来る

棟上げの餅を撒きいる大工らの勢える声を久々に聞く

この里に三人の候補者立つという見慣れし顔のカードの届く

峡の道の候補者同士のウグイス嬢が健闘祈ると言うが訝す

暖かきひと日を惜しみ布団干す遠く選挙の連呼聞きつつ

開票の進みを映すケーブルテレビ票の重みを背負えというがに

馴染みこし訛りの会話をバスに聞く仏の里の言の葉として

地蔵様へ誘うが如く石路の黄の花つづく坂道のぼる

草刈り機の音響きくる山門の近くを野良着の和尚刈りおり

山門へ上る石段二度生えの草を光らす解けゆく雪が

山門を駆け抜け下校する児らの声が弾けて峡にひびけり

沿道を自転車通学せし子らの姿消えたる峡をさみしむ

賑わいの絶えたる闇に灯の残る山峡の里を冷えて帰り来

夕闇に狐とおぼしき声のする変貌しるき穏しき里に

荒れ果てし山に猪や鹿たちの食べ物乏しき里となりゆく

里山に張り巡らしし猪《しし》避《よ》け網沈む夕日にひととき染まる

谷川は小石をゆらしきらめけり文殊の山より湧きこし水に

峡の里を音なく流るる冬川の浅瀬きらめく透きとおるまで

仏の里と呼ぶたび人の温もりの湧きくる里に幾春秋過ぐ

遠き潮風

一本ずつ七島藺《しちとうい》割きし夜のしじまさびしき音色を今も忘れず

白々と明けゆく浜に七島藺干しにき身重の足を引きつつ

編み上げし筵一束仲買が三千円を置きて持ちゆく

雷雨来て七島藺濡らし半値にて畳表を売りし日ありき

七島藺干しし砂浜跡のなしサイクリングロードに潮風吹けり

風の音

バランスを崩して共に倒れたる自転車押せばガリガリと泣く

臨終の知らせ届きしあさぼらけ眠れぬままの朝迎えたり

自転車の友が落ちたる側溝の水増す今日は流れの速し

僅かな星隠れてしまいし通夜の道雨の滴が背筋凍らす

住所録の氏名消しゆく灯の下に今も残れる声を聞きつつ

お互いに齢だね仕事がきついねとこぼしし言葉が脳裡にうかぶ

氷塊を含みて横になる夜半の内耳に逝きたる友の声聞こゆ

粽もて訪い来し友の今は亡し餡を練りつつ携帯電話《ケイタイ》いじる

冷えまさる昨夜の雪の中に立つ米寿に逝きたる媼の標し

正月を過ぎたる今朝の霊柩車偕老同欠の一語がよぎる

樹木ゆらす風音午後をつのりいて知人の葬りまたも耳にす

五十回忌迎うる祖母の戒名板桜の下に父と並びぬ

夕焼けに染まる空見て鎌を研げと言いいし祖母の五十回忌終う

孫子らの集いて祖母の五十回忌終えたる丘に五月の雨降る

里の盆

菩提寺の清掃せんと集い来て庭の干し梅ひとついただく

炎天に櫓組みゆく檀徒らは汗したたらせ槌音ひびかす

塔浚いの八月十日に集いいいし人らは彼岸へ旅立ちており

桜樹の下に眠れる死者たちと会話す今日は塔浚いに来て

桜樹の丘より遥か姫島の踊る子狐まぶたに浮かぶ

暮れ六つの鐘の音ひびく檀那寺に彼岸法会の法の声聞く

父祖眠る赤き甍を振り仰ぐ彼岸法会の終わりし庭に

かかわりの深くなりたる檀那寺の樹木に隠るる雉子を眼にせり

茄子の馬飾りて迎うる盆の夕手向けし香《こう》がしずかにのぼる

一対の盆提灯のしずもれる軒に聞きおり暮れ六つの鐘

海鳴りを聞きつつ墓所への坂道行く覚えはるかな父の供花もち

墓内に敷かんと小石を探しおり小磯の浜に三百余りを

鎌を持つ手に筆持ちて心経を一文字一文字夫は書きゆく

心経を記しし小石を丘のべの姫島の見ゆる墓内に置く

軽快に草刈る音は餓鬼の子も逃るるお盆の十六日の朝

雨つきて蹴上げの石段のぼりつめしずもる古刹に鉦の音さす

彼岸の丘

衿立ててマイクロバスに急ぎおり「昭和の町」の入り日は淡し

「昭和の町」のガイドの声に導かれコロッケ一口軒先に食ぶ

県外の車往き交う峡の道落ちいし柿が今も轢かれたり

外つ国の人らの声は大きくて大吊り橋は異国の如し

夜のとばり降りたる闇を呼びさまし無線は告ぐる車両火災を

炎天を陽炎揺らして来しバスは定時にあれど乗客のなし

海岸に添いいいし軽便鉄道を恋いつつ車窓に機影見送る

森林の蔓は樹木に絡まりて手入れとどかぬ山見つつ行く

ひた駆くる高速道路に沿いて咲く泡立草が花粉をとばす

時化の海見つつ駆りゆく助手席に峡の灯見え初む点のごとくに

縫製工場の跡地を均す高台のユンボの音が連日ひびく

川工事の土砂の滴を垂らしつつ車は出でく土竜のさまに

年末の道路工事を急かすごと雨中にクレーンのエンジン唸る

長雨に農道修理のミキサー車が軟き地盤に立ち往生せり

補修せし農道に土塊こぼしつつ代掻き終えしトラクターゆく

時雨のなかチエンソーの音今日も聞く椽山《くぬぎやま》より伐りだす音を

畑隅にややにに芽吹ける蕗若葉獣道より逸れたる場所に

屋上に若葉広ぐる欅の木映して腕に入り来る滴

屋上のフェンスにからまるキウイの蔓ま白き花を一輪咲かす

寒空のこぼせる雫抱きつつ木瓜のくれない五日を過ぐる

窓越しの日差しはすでに傾きて吊るしし大根軒端に滴す

吹く風に凌霄花の朱の露は生垣ぬらしわが肩ぬらす

白水仙咲き満ちている彼岸の丘しかすがに木立を揺らす風あり

廃屋のめぐりの草のひと所淡き紅色の溝蕎麦が咲く

幾十年を据わりしままの石臼の側に今年の蕗の薹出ず

前山の萌ゆる緑を押しのくるごとくに椎の花湧き出づる

裏山の木々の葉風に吹かれ来て押し絵の如く窓を飾れり

天地返しに鋤かれし秋田に黒々と湿りおびたる黒土光る

年月を経たる桜木伐らんとぞきらめく海原見つつ聞きおり

ストーブの温みの残る夜の部屋に古家をゆらす風の音する

少しずつ薄くなりゆく群雲より峰に差しくる茜ひとすじ

花大根

新しき老人施設へ入りしとうカーテン閉ざさる家見つつ過ぐ

静けさのもどりし里にデイケアの車がひかりを背にして通る

帰宅時の連なる車縫う如くサイレン鳴らし救急車ゆく

日の入ればはやも冷えきて山間《やまあい》の里に二人の喪の標し立つ

道の辺の花大根の紫を葬儀の車列が揺らしつつゆく

稲荷祭り

氏子らは談笑しつつ清掃す稲荷祭りの近づきくれば

注連縄を綯いいる夫に差す冬日稲荷祭りの間近となれり

四名となりて催す稲荷祭り野菊の白花手折りて供う

高台の叢祠《そうし》より見る早苗田の列の緑は未だ薄かり

謂れなど知らず祭りを行いこし文字無き祠に手を合わすのみ

竹山の擦れ合う音を聞きいつつ稲荷地蔵尊の祭り行う

木洩れ日は苔むす祠にふりそそぐこころ貧しき世となりいても

幾百年を経ちし祠の屋根に見ゆ欠けたる跡もすでに苔むす

手を合わすそれのみでよし氏子らと話を交わし一日楽しむ

澄む空の寿ぐごとき祭り日に四名のみの氏子の揃う

身巡りは淋しき事の多かりきたとえば氏子の減りゆく祭り

宮杜のひかりこぼるる木々の間に氏子ら集いし御籠《おこも》り遥か

伝え継ぎこし祭りを止めゆく老人らの重荷とう言葉うべないており

火祭り

火まつりの松明徐々に点りゆけり里の田畦に七百余り

松明に点火をせんと檀徒らは螢火のごとき明かり手にする

境内の灯り賑わう火祭りは父祖に抱かるる如き温もり

大松明の火の粉散らしし跡という老兵のごとく焦げたる板を

晦日の夜凍てたる星空突きあぐるどんどに燃やす卒塔婆二本

軍手

六十年の稲作農をついに終う肥料注文書配られしまま

一枚ずつ購いし田畑人に委ね古りたる机上に写経なしゆく

稲作を委ねし圃場のエンジンの音が夕べの厨にひびく

購いし新米積みたり十袋を弱りし足腰庇いながらも

トラクター作動さす音響き来て大豆種手に圃場へ急ぐ

一口の水に生気を取り戻し大豆蒔きゆく青空を背に

吹く風は峡の圃場を渡りゆき大豆の緑葉ひかりを返す

空模様気にしつつ大豆扱ぐ畑にあまたこぼるる真珠の如きが

白菜種九月の土に落としゆく指触たよりに小さき粒を

台風の去りて茜に染む雲の下にやさしく白菜芽吹け

吹く風に変形しゆく雲の下雨の予報にキャベツを植うる

帰りきて種の残るを口にせしがシャワーに消され会話散りたり

雨上がりの朝を早々に畑に出ず弾かん前の小豆捥がんと

筵に乾す小豆の色が鮮やかに夏の暑さを実に閉じ込めつ

雨雲を遠くに見つつ甘藷植うる湿りおびたる土の温きに

長雨に未だ乾かぬ土に植うる発芽とおぼしき薯を選びて

サンテナに掘り来し芋のくたちはじめ屍肉のごときを軍手に拾う

甘藍のあまたの青虫駆除なせり節高き指にいのち絶ちつつ

きれぎれに風に乗り来る竿売りの声を聞きつつ玉葱を植う

さくさくと霜をくだきて葱を引く通勤登校者絶えたる頃に

田に急ぐトラクター音耳にしつつ納屋の軒端に玉葱つるす

長雨に朽ちし西瓜を片付けたり熱気の残る夕べの畑に

椙山に仕掛けし罠を嘲笑うごとき足跡あまた残れる

エンジン音高くひびかせ畑を鋤く深山かすめる黄砂の下に

トラクター使いいいし夫が軒先に水圧強く土塊落す

古葱を植うる作業の曇り日は両子山《ふたごさん》より雨降る気配す

砥石に水そそぎつつ鎌研ぎおりて指に確かむ白き刃先を

木洩れ日を背に駒打つ春山に湿りおびたる槌音ひびく

椙山の木洩れ日背に山鳥の声を聞きつつ茸をもぎゆく

雨の降るあしたの納屋の軒下に吊るしし玉葱一つ抜け落つ

難聴の夫と畑の草を抜く田起こす音を遠くに聞きつつ

朝餉にと霜置く葱の土落し見上ぐる空に一筋の雲

密林の如くなりたる栗山に獣の道はしかとつづけり

納屋隅に埃かぶりし小瓶二本ラベルの文字のすでに読みえず

草取りて夕べ帰りく手鎌なるにぶき光に土匂わせて

用水路の草刈り賦役に集いたり軽四トラックは展示のさまに

除草剤は草の根までも枯らしいて畦土流し水路を埋むる

猪避けの網を張られし榾山の朽木に細きひかりが差せり

夫癒えて日暮れの近き畑に出で胡瓜や茄子の苗を植えゆく

過疎の地に連なる峰の夕つ陽が木の間を透きて桐場にとどく

末枯れたる稲苗敷きゆく茄子の間に昨夜の雨は重石のごとし

病いとう言葉に甘ゆる己あり鍬持つ日々の少なくなりて

冬空に首をもたげてクレーンゆく農道補修の男ら連れて

栗の木

紫陽花の白き花鞠鮮らけし施設へ入りたる媼の庭に

リウマチの痛みと共存なしいつつ干したる布団に体をしずむ

暖房器のタイマーひびく夜の部屋早く寝ねよと促すごとし

寝ね難き夜を飲みたる水割りの梅酒が脳を翻弄しはじむ

賞味期限過ぎたるソース片付くる失格主婦は飴含みつつ

峡の川に穫る人のなきクレソンの百円パックをスーパーに買う

スーパーに安値を探すは三月ぶり厳しき主婦の目健在にあり

四十年前に夫と植えし栗の古木二本はおのが身のごと

金平牛蒡にせんと削れる笹掻きにボウルの水は色を変えゆく

炎天を走りゆきたる夕立を呼び戻す技の欲しかり今は

製粉代値上げし理由をこまごまと娘は言えり粉はたきつつ

大寒の水にこだわり大豆むし味噌作らんと大釜据うる

燃え上がる炎に顔を火照らせて庭の大釜に味噌豆を煮る

白みゆく空の下にて煮る大豆凍てたる庭に匂いただよう

琥珀色となりたる味噌の口をきれば仄かな香り倉にただよう

手の皺に滲みゆく煤を気にしつつ大釜洗う冬日背にして

少しずつ出でくる言葉紡ぎいつ大豆芽吹ける畑を描きて

米収むる貯蔵庫は倉に鎮座せり無用となりても主の如く

台風に傷みし枝を切りしより紫紺の茄子が生り始めたり

半丁の豆腐切りおり賽の目に朝の厨に雨を聞きつつ

気怠さのただよう午後を客われの支払う小銭を店主数うる

霜の朝踏めばさくさく鳴る畑に二人の朝餉の葱をつみおり

炊き立ての白きご飯を供えいつ年月経ちし金の器に

山の匂い

戴きたる鰡の五尾を捌かんと夫の研ぎたる出刃が光れり

もやもやと内なるすべて受け止めてくれるが如き欅の巨木

ストーブの温もり部屋を包む午後郵便バイクの止まる音する

炎天を畦草刈りいる農夫の刃通りすがりの我が眼射る

台風の間近となれば納屋塞ぎし板ぎしぎしと鳴り続けおり

炎昼を休める吾に宗旨説くおみなは額の汗を拭きつつ

やわら陽の移ろいゆける春の午後運転免許の講習書届く

半ドアを知らするシグナル点滅す自動車講習受けたる帰りに

たわいなき言葉を交わし助手席に眠気覚ましの飴を手渡す

助手席のドアを開閉する度に凹の小銭が小さき音立つ

前山の麓の灯り三つ四つ汽笛聞きつつ朝を歩けり

足庇い路肩に急ぐ白鷺を避けゆく車列を助手席に見る

引きて来し大根洗う大桶のあふるる水は意外に温し

摘みて来しコップにゆるるガガイモとう淡き紅花咲き静もれり

味噌汁に入れんと葱を刻みいる厨に近く霧笛ひびけり

軒下に乾かす茸をいただきて胸に抱けば山の匂いす

乾きいる畑に水路の水引けばほうれん草のめぐり湿り来

積む雪を散らしつつ行く通勤の車見ており職退きてより

花も葉も落ちてふるえる花水木刺し置くみかんにひよどりの来よ

五十年経し玄関の上り框に未だ松脂にじみ出で来る

螢　籠

わが手の皺つまみて遊ぶ幼児よ陽だまり背《せな》に時のすぎゆく

廃品を集むる声を遠く聞き野辺の草花幼と摘みゆく

国東の味存分にと作りたる刺身に孫子ら箸を伸ばせり

捕まりし螢がひかりを放つ籠提げて男孫の夜は明るし

街に去ぬる子に持たせむと荷作りせし袋に透くる人参の紅

栗籠に栗ころがして右左木洩れ日の中に子らと拾いき

長の子らと大吊り橋を渡りゆく解せぬ会話なす人らに押されて

いつまでも子供と思いいし長の子が定年近きを口に出だせり

破れたるパンツルックに行く孫を昭和一桁見ぬふりをせり

青空の下の布団は陽を含み去にたる子らの匂い消しゆく

「終活」とう流行語の話題に沸きたれど玉葱伽羅蕗子らは持ちゆく

内裏雛飾りて子らは街へ去り冷えゆく部屋に灯りを点す

ストーブを消したる部屋の温もりに去にたる幼の残り香さがす

子ら去にし部屋に夫は試着せり袖丈長きを口に出しつつ

パソコンを打ちつつ色の褪せゆきしポスター眺むる子の発ちし部屋

孫の手に折られし鶴の二十羽が朝を目覚めしわれを見下ろす

眼や口の炭のみ残れり庭先に幼の作りし雪だるま崩えて

葉桜の道

舗装路に白旗ふりて頭《ず》をさぐる男は吾子と年の似通う

色褪せし布団を前にセールスの若者と話す息子のことを

風邪に臥すわれにたどたどしき声とどけし遠住む幼は天使のごとし

街に住む孫に見せたき露地苺冬日を背に黒マルチ張る

子らの住む街へ行く道葉桜の隙間のひかりあびつつ走る

目高

細々と子猫の声して夕闇を透かせど姿ついに見えざり

軒下の両腕掲ぐる蟷螂に容赦なく風は吹きつけており

われの背を超えいる柵の鈍き色鹿通さじと里に巡らす

仕事終え車走らす夜の道のライトにけものの眼が光る

桑の葉を齧れる蚕は音させず音なき音を展示室に聞く

水草に透けて孵化する目高らが小さき尾鰭をひたに動かす

小さき店の水槽に値札の貼られたる緋目高のあり若葉の下に

井堰より水あふれたり冬川に夏見し鯉の姿見られず

冬川の深みに緋鯉はゆうらりと草書の如く体くねらす

身を隠す場無き刈田の鳩一羽赤子のごとくゆるゆる歩む

石菖蒲

先刻の豪雨は一気に水を増し水路に流れく草を倒して

堰板を外せば急流の速さもつ水路の小石ころがしながら

エンジン音ひびかせ雨の里山の圃場へ赤きトラクター急ぐ

空梅雨を嘆きし日々の遥かなり整備せし水路に水のあふるる

代掻きし泥水徐々に澄みゆきてちぎれ白雲水面を走る

風少し吹きいる峡の昼下がり大型トラックが稲苗運ぶ

雨降りを田植えの男のシルエットのおぼろに見ゆる植えゆくさまが

夕風に生れし細波早苗田の稚き剣葉かすかに揺らす

早苗田の緑は日々に濃くなりて電柵はやも巡らせてあり

早朝の峡とよませて防除ヘリ二機が散布す川を隔てて

炎天に防除ヘリコプターを操作せる若き男は見知らざる顔

炎天下に男が一人早期米の刈り取り作業をこなしておりぬ

山間の稲架《はさ》にしとどに降る雨は雨葬の如く雫をたらす

夜半より降りこし雨が穭田の短き稲穂をひたすら叩く

梅雨空の晴れゆく兆しに草刈機載せたる車が農道をゆく

草刈りの賦役に励む若者のしたたる汗がシャツの色変うる

丈高くなりたる草を刈る役夫舗道の熱気を身に浴びいつつ

川土手の薄紫の石菖蒲賦役の人らはその花を踏む

散り敷ける菜の花びらの農道を後先となり学童帰る

峡の道ゆく学童が傘さして絵画の如く雨にかすみぬ

雲薄くなりゆく峡の沿道に中学生らが紙コップ拾う

梅雨晴れに草刈る音が水嵩の増せる川面をすべりてゆけり

昨夜《よべ》の雨上がりし稲田の切り株にビニール袋が光を放つ

乾く田の白き軽トラ刈り株にバウンドしつつ稲藁運ぶ

白々と大玉に結われし飼料藁大型トラックに積まれゆきたり

刈る麦の穂波を揺らすコンバイン梅雨の晴れ間の峡にひびけり

雨上り麦刈りなしいるコンバインの轍に泥水滲みてありぬ

麦踏みのローラ操る男に差す冬日はすでに傾きはじむ

真夏日より数多生りたる苦瓜が神無月の棚に細きを垂らす

猪の出でくる峡の栗山に眼下の車音を聞きつつ拾う

如月の眠る圃場に残る雪朝のひかりが溶かしはじむる

カーテンの隙間に白々差す明かりは峡の里道照らす外灯

夫の背中

五十年前に林道拓きしとう夫の話を聞きつつ巡る

密林と化したる山のせせらぎに夫はかがみて顔を洗えり

踏み分けて辿り着きたる山林に八十路の夫は言葉なくせり

今日の晴れとらえて松の剪定すと夫は脚立の足場確かむ

剪定せんと意気込む夫の足もとの石蕗今を盛りに咲けり

梅の実もぐ夫の脚立を支うれば靴先踵頭上を泳ぐ

大根の貯蔵をせんと畑隅に息弾ませて夫は穴掘る

橡山の下草刈りに行きし夫雨に濡れつつ山を下り来

青竹を破裂させせいつ斧をもて夫は日課の籠作らんと

受信せし電話の灯りの瞬きに難聴の夫は身じろぎもせず

老いたると思える夫の言動を時には弱気と思うことあり

傘寿の坂歩み始めし夫の背を押しゆく吾も足病みており

プレゼントの包みを開く夫の顔こわばりており視線の中で

夫の眼に目薬差せば目尻よりひと筋ふた筋しずく流るる

涙

逆光にむかう車に差す夕日刃金となりてわが眼射る

踏切りに電車二両の通過待ち車走らす病院への道

合う眼鏡求むと夫に従いて眼科医院の扉を押しぬ

下車をせし二人の前を発つ電車白き病舎へ歩みを進む

驟雨来て眼科医院に走りゆく男は傘をたたみしままに

上を見て下を見てとう医師の声見えぬ眼をしきりに動かす

頼りしは吾のみにあらず医師の目は次の患者の画面見ており

難聴の夫にやさしく説明するナースの手にせるカルテ目に追う

ようやくに診察終わり車中にて居眠る夫を窓にノックす

「もう」「まだ」を天秤にかけ手術同意の決断をなす七十七歳

ストーブの炎を少し小さくし決めし手術日ノートに記す

吸いたくてたまらないのに吸えぬ息たぐりよせたき雫一滴

水晶体取り替うる今日の右目より冷たきしずくが頰に伝わる

仰臥して目薬させばまなじりより悲しみもたぬ涙流るる

風すさぶ夜更けを長く感じつつ目尻のしずくを夜具にて拭う

見渡せど漁港の見えずエンジンの音のみ残す海辺の医院

朝光に鶴見岳白くにじみおり月を跨ぎて見る病室に

透きとおる冬空に顔を向けいつつ熱の下がりし朝をまぶしむ

紫蘇の灰汁染みたる指もて丸薬の白き二粒のみどに流す

晴天の護岸に寄する波しずか手術せし目に遠き島見ゆ

ひとり

寂しさへいざなう雨の納屋下にラベル剝がれしボトルがひとつ

漉し餡にと小豆を潰す昼下がり厨に時を過ごすはひとり

降る雨を玻璃戸に見つつぼんぼりの仄かな部屋にひととき黙す

白花の咲けるどくだみ薬草にと摘みたる指はいまだにおえり

吾が編みて子らに着せたるセーターの温もり今はわれを包めり

朝なさな仏飯を盛る有田焼きの器の模様は深紅の椿

唐突に携帯電話が鳴り始め何処かと探す音をたよりに

左手の受話器は耳に右の手のへのへのもへじは欠伸しており

雷鳴の近くにくれば夜の床に寒き八月蘇りきぬ

懸命に六本足もて抗う蛸おのが食いたる残れる足で

北北西とう言葉たよりて星多き空に宇宙船ソユーズを探す

伽羅蕗にと求めて歩む土手に聞く水路の水音早苗田の音

紫蘇の紅鮮やかなりしおにぎりを遠く来て食ぶ木洩れ日の中

戴きし無花果煮つむる夜更けまでガスの炎を加減なしつつ

かじりたる石鹼ころがる厨辺にねずみと共に知恵比べせり

地震状況流す無線におびゆるなか遠き友より声の便り来

甲斐なきこと言いて心に残る科窓打つ雨のただに流るる

わだかまりひとつ残れる夜の胸に含みし氷塊喉にとけゆく

電子辞書野草の辞書を頼りにしひとときき繙く眼鏡拭きつつ

ぼうとして終日過ごす雨の日をテレビの笑いにつられて笑う

廃船

きらめける川面に廃船ただよいて短き艫綱波をさまよう

廃船の回りに迫る満ち潮が小魚の群れ連れて上り来

浮き沈みしつつ幾年廃船となりたる船にかもめが遊ぶ

瀬戸の海見つづけてきて千余年風雨に削がれし磯の大石

映像から

保育園を欲して子を抱く主婦の群れ国会前は保育園と化す

保育園をとの主婦らの叫びに浴びせいる罵声の主は国会議員

チャンネルを変えたる画面に産む産まぬを論じる女が並びておりぬ

薄紙をはぐごと軽くなりてゆかん胸のつかえを声に出だせば

津波の碑

塩害に遭いたる杉は伐りしとう瑞巌寺への参道をゆく

瑞巌寺の洞窟清掃せし老いが今ひとたびと箒目いるる

震災に続きて雪害に遭いしとう無残なホテルを車窓に見て過ぐ

松島に佇みて読む津波の碑彼方の海は穏やかなれど

帰り来て夫は補聴器外しおえ音なき一人の世界に入りゆく

木洩れ日

教育の力を信じ青春を従軍看護婦として叔母出征す

平和がいいいと口癖のごと言いいいし叔母膵臓癌に蝕まれ逝く

裏山に莫蓙敷く木陰の教科書の淡き木洩れ日今も忘れず

終日を空砲谺す峡の里機銃掃射受けし彼の日脳裏に

愛国心は戦勝とう語に酔いしれて理性の壁も打ち破りたり

ひかりつつ機影消えゆく車窓より映像の特攻機脳裏離れず

神風はついに吹かざり敗戦とう巨大な弾丸《たま》が国をつらぬく

戦争は残虐の外の何ものでもなし頑張りしすべてを誤算と知りたり

無差別に殺むる産業ありしとう金産む方へと傾く国か

戦争を知らぬ総理が繰り返す原爆記念日の言葉むなしき

機翼に見る特攻機と同じ日の丸が第九条のなりゆき危ぶむ

杞憂にあらず

ガソリンの二千円までとう店員の言葉悲しむ津波の後を

放射線の汚染物資を映すテレビ東京ドームに置けばいいのに

突然の揺れに体は硬直し壁掛け揺るるを闇に聞くのみ

眠られぬ真夜の電話は長の子なり心配なしと明るく返事す

震源地を伊予灘と知りあまりにも近き距離にて恐怖の増しく

この海を隔てし岬の原発を危ぶむ会話に吾も加わる

ベビーカー押しゆく若き母のあり原発廃止の集団の中

父祖眠る丘に孫らとのぞみたる遥かな瀬戸の海きらめけり

満月は冷え来し里を包みおり街に住む子らも仰ぎていんか

活断層の激しき立地に建設さる川内原発の稼動危ぶむ

浅蜊貝掘りいし磯は護岸の下滅びゆけるは一つならざり

上京

難聴の夫と吾との二人旅に東京駅が襲いかかり来

駅員の「人身事故」とうアナウンスを寒きホームに佇みて聞く

若き日は街にあこがれ夢見たり雑踏の中に夫の背追いて

人運ぶベルトに乗りて歩み行く見知らぬ街に汗をふきつつ

「第九条を考える会」の若きらと孫の顔とが交互に浮かぶ

傘立てのあまたの中の黒き傘孤独をまとう人の如くに

ビニールの傘を立たせし傘立てに水玉模様の小さき傘あり

槌音

注連飾り園児と作る歳の瀬に近づく日々を夫は待ちわぶ

注連飾りに使う新藁干す朝を天空高くとんび舞いおり

新藁の匂える注連縄夫はもて春待つ荒神様へと急ぐ

冬庭に槌音響かせ注連縄をつくりし夫が葛湯に浸る

御寺の屋根たたきし雨が石段に穴掘る如く飛沫を返す

賽銭箱に乾く音して小銭落つ割石地蔵に秋深まれり

初詣での鎮守の森に棲むという梟居そうな梢を探す

賑わいし日の去りて早も小正月今日の粉雪ことさら凍みぬ

叶い橋まで

また一枚整形外科のカード増ゆ罪を背負いしごとき一枚

老いという言葉嫌えどふりかかるこの身守らんと医術に頼る

副作用出でたる体の入院とうふがいなき身をベッドに横たう

不具合の義歯にてまたも来し医院の方形の窓に青き空あり

筵よりこぼれし豆は脱兎のごとくままならざりしわが指先は

四六時中痺るる指をもてあますにりんごが笑いころげて逃ぐる

ギプスの足慰めくれし友ら去り余韻の残る部屋に座しおり

幾度も友の名を呼ぶ吾が声に応うる如き吸入器の泡

玄関に迎えの来ているとう老女支えて看護師夜を付き合う

ざわめきの消えたる夜の病廊をナースの手にもつ灯り揺れいつ

イグアナの如き首をば容赦なくリハビリ室の鏡は映す

病室の時計は十四時間近なり「またね」と吾娘は職場へ戻る

病室を出でゆく吾娘が振り返りいつもの如くVサインを出す

木洩れ日を背に退院する吾の荷物を長の子黙し抱えゆきたり

足のギプス外せぬままに戻り来ぬ青き海面の広がり見つつ

完治せぬ病いにいらだつ我に寄すあまたの言葉は藻のごと生きよ

父祖眠る師走の丘に子らと来て灘ゆく船を見送りており

少しずつ癒えゆく体に花丸をと「叶い橋」まで歩数をのばす

働くを生き甲斐とせし過去ありてささくれだちし指のやさしき

木枯らしは槙の下枝《しずえ》を吹き抜けて窓辺に立ちいる吾をゆさぶる

寒行

やわらかき日差しを背に麦踏める仏の里を鈴振りてゆく

潮の香の漂う露地に鈴振りて白き息をば吐きつつ歩む

石蕗の灰汁に染む手に鈴振りて同行衆と声を合わする

鈴振りて氷雨の中を訪いて来し路地に大きなザボンが出迎う

離村なし雨戸の閉まる軒下に寒行のわれら和讃を唱う

寒行の初日を無事に終えたれば湯船にあれど出ずる御詠歌

軒下の湯飲み茶碗は温かく寒行の身をほぐしてくるる

沿道を走る車が高台にわれら唱うる和讃消しゆく

御詠歌の友の続きて二人逝き鈴振り送る台風間近を

弘法大師の足跡たどりて着し白衣朱印の文字は早も色褪す

潮騒を聞きつつ遍路に寝ねし夜も今宵の如く照らせり月は

あとがき

私は、大分県国東半島の突端に近い、伊予灘を臨む位置に広がる、農村地域の農家の長女として生まれましたが、三歳で父を亡くし、四歳のときに母も家を去り、その後は祖母と二人の生活となり、周囲の人々の力に支えられて育ちました。祖母は、読み書きのできないことが不思議にも思われない昔の人ゆえ、どんなに大変な時代であっただろうかと考えるとき、今更ながら頭のさがる思いです。

十九歳で役場勤務の夫と結婚。高齢の祖母に代わって、夫と共に限られている田畑を効果的に活用し、耕作地を増やすための工夫を重ね、農機具のすべてを使いこなせるまでになり、稲田一町・苺ハウス一反まで広げることが出来ました。若さとは素敵なもので、格別な苦労と思う暇《いとま》もなく、夫の支え

もあって、現在まで働き続けることが叶いました。

この間に、子供達も手元を離れて独立し、夫婦二人だけの暮らしとなり、足腰の痛みに耐えながら空しさをかこっていたある日、大分合同新聞の読者文芸欄に掲載された短歌に触れ、三首の投稿をしたことが、短歌を始めるきっかけとなりました。その後、地元の歌会へ誘われ、数年間参加していましたが、稲田の圃場整備と足の手術の時期が重なったこともあり、少しばかりの水田を残して、あとは人に委ね、私自身は地元の縫製工場で働くようになり、歌会は止めざるを得なくなりました。

平成二十三年九月、新聞歌壇の伊勢方信先生選歌欄への投稿を続けているだけの日々に、物足りなさを感じ始めていた私のもとへ、「朱竹」会員のお一人から入会のお誘いがあり、十月に入会させて頂きました。また、その後、国東市の旧安岐町で開かれている「武都岐短歌会」にも入会、今日まで楽しく勉強させて頂いています。

近年になってようやく、作歌の苦しみや、思わず生まれた一首に、言いようのない喜びを感じることが、生きる支えの一つとなっていることを自覚するようになっています。

そのような日々の中で生まれた歌を、もっと磨きたいと思い始めていた矢先に、読者文芸年間賞を戴いたこともあり、八十歳の記念にと考え、「朱竹」代表の伊勢先生に第二歌集上梓のご相談を申し上げたところ、ご快諾を戴き『叶い橋まで』の出版に至った次第です。

伊勢方信先生にはご多忙のなか、選歌・編集のみならず、出版に係る諸事やご助言をはじめ、身に余る序文まで戴き、誠にありがたく感謝に耐えません。また、これまで常に暖かいご指導とご交誼を戴きました「朱竹」会員の皆様や、背中を押してくださった「武都岐短歌会」の皆様には、お陰でここまで歩いて来られましたことも加えて、厚くお礼を申し上げます。

最後に、出版にあたり格別のご配慮を賜りました、砂子屋書房の田村雅之様をはじめスタッフの皆様、装丁の倉本修様には記してお礼の言葉に代えさせて頂きます。

平成三十年三月十日

吉田昌代

著者略歴

吉田昌代（よしだ　あきよ）

昭和十二年（一九三七）　大分県東国東郡富来町（現国東市富来浦）にて出生。

平成三年（一九九一）から平成十二年（二〇〇〇）まで長峰美和子に師事

平成二十年（二〇〇八）　第一歌集『畦道』出版（ＮＨＫ出版）

平成二十三年（二〇一一）　「朱竹」入会

平成二十八年（二〇一六）　第五十二回大分合同新聞読者文芸年間賞（伊勢方信推薦）

（主たる受賞歴）

平成五年（一九九三）　第三十四回大分県短文学大会大会賞

大分県短歌大会　第六十一回（二〇一三）、同六十三回（二〇一五）、

同六十四回（二〇一六）　選者賞

平成二十九年（二〇一七）　第五十三回大分県短歌コンクール七首詠の部　選者賞　他

現在、「武都岐短歌会」「朱竹」「大分県歌人クラブ」「日本歌人クラブ」会員

朱竹叢書第四十八篇

叶い橋まで　吉田昌代第二歌集

二〇一八年六月一〇日初版発行

著　者　吉田昌代

大分県国東市富来浦二九二番地（〒八七三―〇六四三）

電話　〇九七八―七四―〇六一二

発行者　田村雅之

発行所　砂子屋書房

東京都千代田区内神田三―四―七（〒一〇一―〇〇四七）

電話　〇三―三二五六―四七〇八　振替　〇〇一三〇―二―九七六三一

URL http://www.sunagoya.com

組　版　はあどわあく

印　刷　長野印刷商工株式会社

製　本　渋谷文泉閣